PRINCESSE Academy
Le Château de Nacre

Princesse Sarah
et Duvet-d'Argent

Cet ouvrage a initialement paru en langue anglaise en 2008
chez Orchard Books sous le titre :
Princess Sarah and the Silver Swan.

Adapté de l'anglais par Natacha Godeau

Mise en page et colorisation : Valérie Gibert et Philippe Sedletzki

Hachette Livre, 43 quai de Grenelle, 75015 Paris

Vivian French

PRINCESSE
Academy
Le Château de Nacre

Princesse Sarah
et Duvet-d'Argent

hachette
JEUNESSE

PRINCESSE Academy
Le Château de Nacre

Institution

pour Princesses Modèles

Devise de l'école :

Une Princesse Modèle
est honnête, aimable
et attentionnée.
Le bien-être des autres
est sa priorité.

Le Château de Nacre dispense
un enseignement complet, éducation
artistique comprise, à l'usage
des princesses du Club du Diadème.
Notre programme inclut :

• Championnat d'Athlétisme Princier
• Excursion aux Monts Légendaires
• Stage d'écriture pour la Cérémonie du Cygne d'Argent
• Visite du Musée de la Musique du Roi Rudolphe III

Notre directeur, le Roi Édouard, habite l'aile principale du Château. Nos élèves sont placées sous la surveillance de l'Enchanteresse en Chef Marraine Fée, et de son assistante Fée Angora.

Notre équipe compte entre autres :

• La Reine Marjorie
(Éducation Sportive)

• Lady Hortense
(Secrétaire de Direction)

• Lord Henri
(Sciences de la Nature)

• La Reine Mère Matilda
(Maintien, Bonnes Manières et Art Floral)

Les princesses du Club du Diadème
reçoivent des Points Diadème afin
de passer dans la classe supérieure.
Celles qui cumulent assez de points
au Château de Nacre accèdent
au Bal de Promotion, au cours
duquel elles se voient attribuer
leur prestigieuse Écharpe Nacrée.
Les princesses promues intègrent
alors en cinquième année
le Manoir d'Émeraude,
notre établissement de très haut
niveau pour Princesses Modèles,
afin d'y parfaire leur éducation.

Le jour de la rentrée,
chaque princesse est priée
de se présenter à l'Académie
munie d'un minimum de :

• Vingt robes de bal (avec dessous assortis)
• Cinq paires de souliers de fête
• Douze tenues de jour
• Trois paires de pantoufles de velours
• Sept robes de cocktail
• Deux paires de bottes d'équitation
• Douze diadèmes, capes,
manchons, étoles, gants,
et autres accessoires indispensables.

Coucou !
Je suis Princesse Sarah, de la Chambre des Lys. La fin de l'année scolaire approche, et je commence à paniquer. Il me reste un million de choses à faire ! Heureusement, mes amies sont là pour m'aider…

Anna, Isabelle, Lucie, Inès et Emma sont vraiment formidables ! Je peux toujours compter sur elles… et sur toi !

À Sarah, avec affection, admiration, reconnaissance, V.F.
Remerciements spéciaux à J.D.

Chapitre premier

C'est la fin de l'année scolaire. Tu peux me croire, tout le monde s'affaire, au Château de Nacre… Les professeurs affichent nos exposés sur les murs. Et ils s'affolent parce que nous n'avons pas encore tout terminé !

Avec mes amies de la Chambre des Lys, nous travaillons sur les animaux légendaires. Nous avons presque fini. On a dessiné des tas de dragons, de licornes et de créatures magiques. Anna et Lucie racontent leur histoire. Isabelle, Inès et Emma commentent les illustrations. Moi, je dois rédiger un poème. Mais je te l'avoue : je n'ai pas encore écrit un seul mot. Et plus j'y pense, moins j'y arrive !

Les jumelles Précieuse et Perla me demandent où j'en suis, pour m'embêter. Elles, elles ont composé une très longue poésie. Ça parle de deux princesses si belles que les princes du monde entier les supplient de les épouser !

— On va la réciter à la Cérémonie du Cygne d'Argent, se vante Perla. Pour fêter notre victoire !

Quelle victoire ? Quelle Cérémonie ? Moi, je ne suis jamais au courant de rien, dans cette école ! Par chance, Lucie consulte chaque jour le panneau d'informations, dans le hall d'entrée.

— Lucie, c'est quoi, la Cérémonie du Cygne d'Argent ?

— C'est la remise du Prix d'Amitié, Sarah ! Une récompense pour les princesses qui auront fait leur maximum pour rendre les autres heureux pendant l'année.

Je fronce les sourcils. Ces pestes de jumelles s'imaginent qu'elles vont gagner un Prix d'Amitié ?

Ce serait le monde à l'envers ! Mais je garde cette pensée pour moi. Elle n'est pas très digne d'une Princesse Modèle !

— Nous recevrons nos Écharpes Nacrées *seulement* si Duvet-d'Argent, le cygne magique, se pose sur le lac du parc… continue Lucie.

Je hoche la tête. Ça, je suis au courant !

— ... Eh bien, si Duvet-d'Argent accepte de se poser, le Roi Édouard annoncera les noms des gagnantes du Prix d'Amitié. Et elles auront l'honneur de mener les autres élèves au Bal de fin d'année !

— Oh !

Je ne suis pas très rassurée, soudain. Marraine Fée nous a averties : le cygne magique ne participera à la Cérémonie que si nous méritons nos Écharpes Nacrées. Mais si je n'écris pas mon poème, je ne mériterai peut-être pas la mienne ? Dans ce cas, j'empêcherais Duvet-d'Argent de venir pour les autres !

Dès le lendemain matin, je décide de me lever plus tôt pour travailler sur mon poème. Je réfléchis et réfléchis. Pourtant, aucune idée ne vient. Emma m'en souffle une ou deux, pour m'aider. Je ne peux pas accepter. Ce serait de la triche !

— Voyons, Sarah, c'est idiot ! pouffe Isabelle. Tu n'as pas besoin d'être une Princesse Modèle *à ce point* ! Emma te donne une idée, mais c'est quand même toi qui écris ta poésie !

— Le cygne ne sera pas content, j'en suis certaine ! je réponds. Marraine Fée et Fée Angora l'ont bien dit : Duvet-d'Argent sait *tout* !

À ces mots, j'ai une idée formidable : mon poème parlera du cygne magique, bien sûr ! N'empêche, j'ai toujours du mal à l'écrire…

En plus, le Roi Édouard veut que nous préparions une danse d'accueil pour Duvet-d'Argent. Il nous oblige à répéter dès que nous avons un instant de libre.

Et je n'ai plus une seconde pour réfléchir à ma poésie !

Chapitre deux

À la fin du dîner, Précieuse et Perla se lèvent de table. Elles viennent vers moi.

— Alors, Sarah ? Ça y est, ton poème est prêt ? me demande Perla.

— Euh… presque…

— Ma pauvre ! Tu manques vraiment d'inspiration ! Dire que Précieuse et moi, on a encore ajouté au moins *cent* vers au nôtre !

— Eh bien, tant mieux pour vous ! je réplique sèchement.

Puis je leur souris. Après tout, *« une Princesse Modèle se réjouit toujours du succès des autres »*. Mais mon sourire a l'air forcé, je le sens ! Emma s'exclame :

— Sarah est très douée en poésie, Perla ! Elle est en train d'écrire un texte merveilleux sur Duvet-d'Argent et...

Elle se tait brusquement. Le

Roi Édouard vient juste d'approcher de notre table !

— Un poème sur Duvet-d'Argent ? répète-t-il. Quelle excellente idée !

Il se frotte pensivement la barbe et reprend :

— Vous le lirez à haute voix le soir de la Cérémonie, Princesse

Sarah. Mais venez d'abord me le montrer dans mon bureau, vendredi après la classe. Je suis fier de vous !

Il s'éloigne, quand Perla se met à protester :

— Attendez, Votre Majesté ! C'est trop injuste ! Sarah n'a même pas fini d'écrire sa poésie. Par contre, Précieuse et moi, on en a une mille fois mieux ! Elle parle de deux magnifiques princesses qui...

Le Roi la fait taire d'un geste sévère.

— Elle ne parle pas de Duvet-d'Argent, je pense ?

— Non, Votre Altesse, mais nous, on a…

— Inutile, Princesse Perla. Le cygne magique me semble être un meilleur sujet pour notre Cérémonie !

Le Roi Édouard sort du réfectoire. Perla est rouge de colère !

— Tout ça, c'est ta faute, Sarah ! Je me vengerai !

Et elle part bouder dans sa chambre, en entraînant sa sœur par la main.

— Je suis désolée, Sarah ! s'excuse Emma. Je n'avais pas vu le Roi approcher…

— Ce n'est pas grave. Les

jumelles cherchent tout le temps une raison de faire des histoires, tu les connais !

— Euh, non… Je suis désolée… *pour le Roi !* bredouille mon amie.

Je comprends brusquement ce qu'elle veut dire ! Non seulement je dois écrire mon poème *avant* le samedi de la Cérémonie, mais en plus je devrai le lire devant tout le monde !

— Quelle catastrophe ! je murmure. Ma seule chance, ce serait que Duvet-d'Argent n'apparaisse pas… Mais alors, on ne recevrait pas nos Écharpes Nacrées !

La journée du lendemain passe en un éclair. Je n'arrive même pas à composer *un* vers ! Et le jour d'après, je panique pour de bon. On est déjà jeudi, et la récréation est supprimée pour répéter une dernière fois notre danse d'accueil !

Au lieu d'écrire mon poème, je me retrouve à valser et pirouetter au bord du lac ! Fée Angora dirige la chorégraphie. Et l'orchestre du Château de Nacre joue pour nous. La musique est fantastique ! Mes pieds ont une envie folle de virevolter ! Mais moi, je ne pense qu'à ma poésie. Ça m'empêche de me concentrer, et je me trompe de pas sans arrêt ! Inès me souffle quand il faut tourner. Heureusement, sinon Fée Angora m'enlèverait

des centaines de Points Diadème !

À la fin, la cloche sonne et les élèves rentrent en classe. Sauf moi : Fée Angora me retient une minute à part.

« Est-ce qu'elle va me gronder ? » je m'inquiète.

Pourtant, elle paraît plus soucieuse que fâchée...

— Princesse Sarah, vous vous sentez bien ?

— Oui, Fée Angora.

— Mais d'habitude, vous dansez beaucoup mieux !

Et là, au lieu de lui répondre, je fonds en larmes ! Ce n'est pas mon genre, ça... Je ne pleure jamais devant les professeurs !

— Oh, pardon, Fée Angora ! Je ne voulais pas pleurer, mais c'est tellement horrible ! Le Roi Édouard veut que je lui lise ma

poésie demain après-midi, et je n'ai toujours rien écrit…

La gentille fée me tend un mouchoir. Puis elle remarque avec douceur :

— Vous avez besoin de calme pour réfléchir, Princesse Sarah. Vous devriez vous promener un moment au bord du lac. Cela vous donnera de l'inspiration !

— Merci, Fée Angora, je murmure en reniflant.

— Je préviens Marraine Fée que vous arriverez un peu en retard à son Cours de Dessin. Travaillez bien !

Je lui souris. Elle m'a redonné espoir ! Elle rentre à son tour dans l'école. Perla est encore sur le perron. Elle me jette un regard méchant mais je m'en fiche. J'ai mille fois plus urgent à m'occuper !

Chapitre trois

Le paysage est si paisible. Le soleil se reflète merveilleusement dans l'eau du lac. Les papillons jouent à cache-cache entre les roseaux. Et soudain, j'ai des idées de rimes, pour mon poème !

Vite, je m'installe dans l'herbe.

Je prends un crayon et mon cahier de brouillon dans mon sac. Puis je commence à écrire…

Bienvenue, Duvet-d'Argent,
Sur notre lac scintillant !
Au clair de la lune d'or,
Tu brilles encore plus fort,
Pour nous apporter ce soir,
Le grand bonheur de te voir !
Que nos Écharpes Nacrées,
Illuminent la soirée,
Sur notre lac scintillant,
Bienvenue, Duvet-d'Argent !

Ouf ! J'ai réussi !
Je range mes affaires et je me

précipite au Château de Nacre. Mes amies sont déjà en classe avec Marraine Fée. Je grimpe l'escalier pour les rejoindre, quand je croise Perla en chemin. Elle persifle :

— Tiens, revoilà Sarah-la-pleurnicheuse ! Alors, on a un gros chagrin parce qu'on est trop nulle pour écrire son petit poème stupide ?

— Mais j'ai terminé, justement, je réplique sans m'énerver. Je n'ai plus qu'à recopier mon brouillon au propre.

Et je rentre en classe, la tête haute ! Toutes les tables sont recouvertes des dessins de nos exposés. Marraine Fée s'exclame brusquement :

— Ah ! Princesse Sarah ! Maintenant que tout le monde a fini son travail, nous préparons notre grand panneau de fin d'année ! J'ai envoyé Perla chercher des punaises. Vous allez nous aider à afficher les dessins sur les murs !

— Avec plaisir, Marraine Fée. Mais est-ce que je peux d'abord recopier mon poème ? Le Roi Édouard veut le lire demain.

— Évidemment ! Je vais vous passer du papier décoré. Que diriez-vous d'écrire votre texte à la plume d'oie ?

— Oh, oui alors !

Je fais attention à ne pas renverser l'encrier en m'asseyant à mon bureau. Je prépare ma plume pendant que Marraine Fée fouille dans le placard. Elle m'apporte deux feuilles de papier rose pâle. Il est tellement joli, avec ces petites fleurs imprimées tout autour !

— S'il vous plaît, Marraine

Fée ! réclame immédiatement Précieuse. Je peux en avoir aussi ? Perla dit que notre poésie est la meilleure de l'école !

— La meilleure ? Vraiment ?

L'Enchanteresse ne paraît pas apprécier qu'elle se vante autant ! Pourtant, elle se contente de me demander :

— Princesse Sarah, mon enfant, voulez-vous partager votre papier avec Princesse Précieuse ?

— Bien sûr, Marraine Fée !

Précieuse me remercie d'un sourire, puis nous recopions chacune notre poème. Quand

Perla revient avec les punaises, elle accourt voir ce que nous faisons.

— Arrête, Précieuse ! Mon écriture est mille fois plus belle que la tienne !

Et elle lui arrache la plume des mains pour finir elle-même !

Moi, je déteste ce genre de réaction ! Je trouve ça insupportable, pas toi ? En plus, Précieuse ne le mérite pas du tout. Elle écrit vraiment très bien ! Je lui lance :

— Tu ne te défends pas, Précieuse ?

Elle a l'air de vouloir protester. Pourtant elle se lève, s'éloigne, la tête basse. Et Perla se glisse à sa place sans hésiter ! Je hausse les épaules, énervée. Mais je ne peux plus rien faire, à part terminer de copier ma poésie…

Bientôt, je repose ma plume

dans l'encrier. Marraine Fée vient admirer ma page.

— Félicitations, Princesse Sarah ! Je vous conseille de la

poser sur l'étagère, le temps que l'encre sèche.

L'Enchanteresse a raison. L'encre risque de baver et ce

serait trop dommage d'abîmer mon beau travail !

En attendant, j'aide les autres à afficher nos exposés. Marraine Fée nous guide, on s'amuse toutes énormément ! Et quand la cloche sonne, à la fin du cours, j'oublie complètement mon poème sur l'étagère...

Je n'y repense qu'au moment d'aller dîner.

« J'irai le chercher après le repas ! » je décide.

Je ne m'inquiète pas. Il est en sécurité, là-bas, dans la classe.

Et puis, après le dessert, les princesses de la Chambre des

Roses nous proposent une partie de ping-pong, avec mes amies. Nous acceptons avec joie ! Mais moi, j'oublie à nouveau ma poésie…

Je suis blottie au fond de mon lit, dans la Chambre des Lys, quand soudain…

— Oh non !

— Qu'est-ce qui se passe, Sarah ? bâille Lucie.

— J'ai laissé ma poésie dans la classe de Dessin !

— Elle ne va pas s'envoler, remarque Inès en allumant la lampe de chevet. Tu la récupéreras demain matin. Par contre, j'ai quelque chose à te donner…

Elle glisse de sous sa couette, plonge la main dans la poche de sa robe et me tend un bout de papier froissé.

— Tiens, Sarah. C'est le brouillon de ton poème. Je l'ai trouvé par terre dans la classe, en rangeant les ciseaux dans le placard. Tu sais, je l'ai adoré !

Je rougis. Emma demande :

— Tu nous le lis, Sarah ?

— Oui, vas-y ! insistent Anna et Isabelle.

Mon cœur bat plus vite. Je suis intimidée ! Je toussote, puis je récite ma poésie d'une traite.

Mes amies applaudissent.

— Bravo, Sarah ! C'est une réussite ! me complimente Emma.

Anna chantonne :

— *Bienvenue, Duvet-d'Argent,*
Sur notre lac scintillant !

Et tout à coup, Lucie, Emma,

Anna, Inès et Isabelle se mettent à répéter mon poème !

— Tu vois ? me dit Lucie. On le connaît déjà par cœur. C'est la preuve qu'il rime parfaitement !

Je rougis à nouveau de fierté… Quand Marraine Fée tambourine brusquement à la porte de notre chambre en grondant :

— On se tait, les bavardes ! Il est l'heure de dormir !

— Bonne nuit, Marraine Fée ! nous répondons à l'unisson.

Tu peux me croire, nous nous dépêchons d'éteindre la lumière !

Chapitre quatre

Le matin suivant, j'avale mon petit-déjeuner en vitesse. Puis je vais à la classe de Dessin récupérer mon poème.

Je le retrouve sur l'étagère. Marraine Fée l'a roulé comme un parchemin, avec un ruban rose noué autour. Il a l'air encore plus précieux et important, maintenant !

Je le range au fond de mon sac avant de filer au Cours de Maintien et Bonnes Manières de la Reine Mère Matilda. C'est la dernière leçon de l'année : Savoir Recevoir Un Invité Qui N'Aime Jamais Rien.

Je n'ai pas intérêt à la manquer, celle-là !

On est tellement occupées, aujourd'hui, que je n'ai pas une seconde pour relire ma poésie. Même à l'heure du déjeuner, on n'arrête pas un instant ! Marraine

Fée et Fée Angora nous demandent de trier les objets trouvés avant que nous partions en vacances d'été. Et après ça, on se prépare tout l'après-midi pour le Bal de demain.

Du coup, je dois me rendre au bureau du Roi Édouard sans avoir pu jeter un seul coup d'œil à mon poème ! Je frappe à la porte, un peu inquiète...

— Entrez ! crie la voix du directeur.

J'ai si peur maintenant que mes genoux tremblent comme des feuilles !

— Ah, Princesse Sarah ! Bonsoir !

— Bonsoir, Votre Majesté…

— Je vous écoute, Princesse. Voyons ce que vous avez écrit sur le cygne magique !

Je prends une profonde inspiration. Je déroule ma poésie… et je retiens un cri. La page est blanche ! Complètement blanche !

Je me concentre. Je dois garder un ton naturel, surtout ! J'essaie de me souvenir des vers. Mais je panique trop, les mots se mélangent dans ma tête ! Et quand le Roi Édouard se met à tapoter sur sa table en fronçant les sourcils, je bégaie carrément :

— *Duvet-d'Argent, Sur le lac*

brillant... Euh, non. Je recommence : *Duvet-d'Argent, Au clair du soir Nacré*... Euh, non. Je re...

— Princesse Sarah !

Le Roi se lève, la mine sévère.
— Avez-vous réellement écrit quelque chose ?
— Oui, Votre Altesse ! Je vous

le promets ! Mais je... j'ai dû me tromper de feuille, je suis désolée, je...

— Et moi, je suis déçu, Princesse Sarah, rugit le directeur. Très déçu ! Je vous croyais trop intelligente pour mentir pour si peu. Et plus sérieuse dans votre travail, aussi !

Je me mords les lèvres. J'ai envie de pleurer ! Le Roi continue :

— Vous ne méritez absolument pas de lire un texte en l'honneur du cygne magique ! Les Princesses Précieuse et Perla vous remplaceront avec leur poème ! Je vous enlève dix Points Diadème. Sortez !

Il ouvre la porte du bureau en grand. Je m'en vais dans le

couloir, la gorge serrée. À quoi bon lui expliquer ? Il me prend pour une menteuse...

« En tout cas, cette année, Duvet-d'Argent ne viendra pas. Personne ne recevra son Écharpe Nacrée pour entrer au Manoir d'Émeraude. Et ce sera entièrement ma faute ! »

Je rejoins mes amies dans le parc. Elles décorent les berges du lac, pour la Cérémonie du Cygne d'Argent. Elles remarquent tout de suite mes yeux rougis de larmes. Je leur raconte ce qui s'est passé avec le Roi Édouard. Je leur montre même la page blanche.

Aussitôt, Anna s'écrie, furieuse :

— Tu n'y es pour rien, Sarah. On sait toutes que tu as rédigé un poème formidable. C'est cette jalouse de Perla qui te l'a volé pour se venger. J'en suis sûre ! Tu dois prévenir Marraine Fée.

— Mais une princesse digne de ce nom ne rapporte jamais, je soupire. Et puis, peut-être que Perla n'est pas dans le coup ? Je ne vais pas l'accuser sans preuve !

— Tu le sais, que c'est Perla !

— Non, Lucie. J'ai pu prendre une mauvaise feuille, sur l'étagère...

Isabelle a une idée, subitement.

— Et si on allait dire au Roi Édouard que Sarah nous a lu sa poésie ?

— Ça ne servirait à rien ! devine Inès. Tu connais les adultes, ils détestent avoir tort. Le Roi répondrait que Sarah aurait dû vérifier sa feuille avant de venir dans son bureau !

Emma secoue la tête avec tristesse.

— Quel gâchis ! C'était si joli, ce que tu avais écrit, Sarah !

Tu t'en doutes, je ne dors pas très bien, cette nuit-là.

Je me tourne et me retourne dans mon lit. Je suis morte d'inquiétude ! Je n'arrête pas d'imaginer le pire. La Cérémonie va être un désastre ! Duvet-d'Argent n'apparaîtra pas pour se poser sur le lac. Le Bal de fin d'année sera annulé. Et, à la rentrée, on sera refusées au Manoir d'Émeraude !

Quand le réveil sonne l'heure de se lever, je suis désespérée. J'ai l'appétit coupé au petit-déjeuner. Au déjeuner aussi. Enfin, le soir tombe. Le Roi Édouard annonce qu'il est temps de se rendre dans le parc et d'attendre au bord du lac la venue du cygne magique.

Je sors avec mes amies. J'ai l'impression que mon cœur va exploser !

— Alors, Sarah ! Tu es contente pour moi, j'espère ?

Perla ! Elle poursuit :

— Grâce à ton travail de nulle, c'est *moi* qui vais lire un *vrai beau* poème ! Merci !

Quelle peste ! Mieux vaut l'ignorer : elle ne supporte pas ça... Je m'étonne simplement :

— Et Précieuse ? Elle devrait le lire avec toi, non ?

— Peuh ! Elle le ferait trop mal ! Je suis beaucoup plus douée qu'elle !

— Mais ce n'est pas juste ! je proteste. Vous l'avez écrit *à deux*, vous devez le lire *à deux* !

Perla s'éloigne sans répondre, l'air hautain. Encore une fois, elle me prend pour une idiote !

— Sarah ?

Je sursaute à nouveau. Précieuse vient d'arriver dans mon dos. Elle bredouille :

— Que s'est-il passé, quand tu devais montrer ta poésie au Roi Édouard ?

— Pourquoi ça t'intéresse ?

— Réponds-moi, Sarah ! J'ai besoin de savoir !

Elle semble catastrophée. Alors, je lui explique :

— J'ai déroulé ma feuille, et

ce n'était pas la bonne. Il n'y avait rien écrit dessus.

— Oh ! Elle a osé ! Elle est vraiment trop horrible !

Et elle fonce parler à Marraine Fée... J'aimerais suivre Précieuse pour lui demander si elle parlait bien de Perla, mais quelqu'un s'exclame :

— Regardez ! Voici Duvet-d'Argent !

Chapitre cinq

Nous nous rassemblons en vitesse au bord du lac. Mais j'ai beau scruter le ciel du soir, je ne vois rien…

— Par là ! me chuchote Inès en pointant l'index vers un nuage.

J'aperçois enfin un éclair brillant, qui s'approche. Le cygne magique bat lentement des ailes dans notre direction. Quel vol majestueux ! Nous retenons toutes notre souffle. Duvet-d'Argent va-t-il se poser sur l'eau… ou passer son chemin ?

À notre grande surprise, l'oiseau ne fait ni l'un, ni l'autre.

Il se met à tournoyer au-dessus de nos têtes ! Il tourne, tourne sans jamais s'arrêter. Son plumage scintille sous les rayons du soleil couchant. C'est réellement un cygne magnifique… mais il ne se pose toujours pas sur le lac du Château de Nacre !

L'attente est vraiment angoissante ! Même le Roi Édouard paraît mal à l'aise. Il ne sait pas quoi penser de l'attitude de Duvet-d'Argent.

— C'est étrange, murmure-t-il. On dirait qu'il hésite…

Le Roi s'avance alors et ordonne :

— Princesse Perla ! Lisez votre poème, je vous prie !

Perla s'incline dans une profonde révérence. Elle minaude d'un air enchanté ! Tandis qu'elle déroule sa page, je vois quelque chose de bizarre, par-dessus mon épaule…

Précieuse et Marraine Fée échangent un clin d'œil complice !

« Qu'est-ce qu'elles manigancent ? » je pense.

Et puis, Perla se racle la gorge et déclame à toute force :

— *Qu'il est compliqué d'être aussi jolies, Que les deux princesses de cette poésie !*

Mais soudain, elle s'interrompt. Une pluie d'étincelles lui tombe dessus. Je comprends que c'est un tour de Marraine Fée. Elle agite sa baguette d'une mine espiègle !

Perla louche maintenant sur son papier, incapable de continuer.

— Oh non ! s'étrangle-t-elle de rage. Qui a fait ça ?!

Les vers de son poème s'effacent peu à peu sous ses yeux. Ils disparaissent totalement, et la pauvre se retrouve devant une feuille blanche. Exactement comme moi hier !

Marraine Fée la rejoint à cet instant d'un pas décidé.

— Je vous prends à votre propre piège, Princesse Perla ! Princesse Précieuse vient de m'expliquer que vous aviez échangé la poésie de Princesse Sarah contre une page blanche. Vous voyez à présent ce qu'elle a dû ressentir...

Perla lance un regard fâché à sa sœur jumelle, mais Marraine Fée remarque encore :

— Heureusement que Princesse Précieuse a trouvé le courage de me parler ! C'est à cause de vos méchancetés, Princesse Perla, que Duvet-d'Argent ne se pose pas sur le lac. La situation doit être clarifiée immédiatement. Nous vous écoutons !

Perla est très pâle, tout à coup. Elle fixe le bout de ses chaussures et bafouille :

— Je... Je regrette sincèrement. Pardon !

Et elle rentre en courant dans l'école, de grosses larmes coulant sur ses joues rouges de honte !

Aussitôt, le cygne amorce sa descente. Il plonge vers nous avec une grâce extraordinaire ! Il atterrit en douceur sur la surface de l'eau. Anna me pousse du coude.

— Vas-y, Sarah ! À toi !

— Non, c'est à toute la Chambre des Lys *ensemble*! je réponds.

Mes amies acquiescent en souriant. Nous saluons alors très solennellement le cygne magique et je commence :

— *Bienvenue, Duvet-d'Argent*...

— ... *Sur notre lac scintillant*! enchaîne Anna.

Chacune récite un vers de la poésie. Nous finissons en chœur sans faire une seule erreur ! Duvet-d'Argent hoche la tête et étend les ailes. Il aime mon poème !

Le Roi Édouard est rassuré. Il

fait signe à l'orchestre. La musique s'élève dans le parc, et toutes les élèves du Château de Nacre interprètent la danse d'accueil

que nous avons préparée en l'honneur du cygne magique.

— Merci, mes chères enfants, c'était parfait ! nous félicite

ensuite le directeur. Le moment est venu d'annoncer le nom des gagnantes du Prix d'Amitié. Les Princesses qui ont fait leur

maximum pour les autres cette année sont sans aucun doute…

Il se tait un instant. Il aime ajouter du suspense ! Je sens que je vais m'évanouir d'impatience... quand il termine enfin :

— Les six Princesses de la Chambre des Lys !

Chapitre six

Au début, on a du mal à y croire. Mais tout le monde nous applaudit, et on se met à rire et à s'embrasser de joie !

Quand le calme revient enfin au bord du lac, Marraine Fée et

Fée Angora nous demandent de nous aligner devant elles. Et elles nous remettent, dortoir par dortoir, nos splendides Écharpes Nacrées !

Tu imagines comme nous sommes heureuses ! Et fières ! Surtout quand le directeur nous fait signe de mener les autres élèves au Bal... Quel honneur !

Notre soirée de fin d'année est grandiose.

La Salle de Bal ressemble à un décor de conte de fées !

Des guirlandes de perles de nacre décorent les murs et les

tables du buffet. D'énormes bouquets de roses irisées parfument merveilleusement la pièce. Et des centaines d'étoiles enchantées scintillent au plafond !

Nous dansons, valsons, virevoltons jusqu'au milieu de la nuit !

Nous sommes à bout de souffle, nous avons mal aux pieds… et pourtant nous dansons encore !

Et encore !

Je ne me suis jamais autant amusée de toute ma vie !

Ce bal est fabuleux !

— On ne pouvait pas terminer mieux l'année ! se réjouit Lucie quand nous montons nous coucher, à minuit.

— Oui, tu as raison ! nous approuvons à l'unisson.

Bien sûr, c'est un peu triste, de se quitter pour les vacances. Mais dès la rentrée, nous nous retrouverons au Manoir d'Émeraude !

Ça sera fantastique... Surtout si tu es là aussi !

FIN

Que se passe-t-il ensuite ?
Pour le savoir,
regarde vite la page suivante !

L'aventure continue à la Princesse Academy !

Et, pour cette rentrée,
les Princesses t'accueillent
au Manoir d'Émeraude…

PRINCESSE
Academy
Le Manoir d'Émeraude

Princesse Amélie

et le sauvetage du petit phoque

Dès qu'elles découvrent le Manoir d'Émeraude, les élèves de la Chambre des Jonquilles sont émerveillées : il y a une allée privée qui mène à la plage ! Mais à la première leçon de natation, Princesse Amélie s'éloigne de la rive… et découvre un petit phoque prisonnier d'un filet ! Vite, il faut le secourir !

Les as-tu tous lus ?

Retrouve toutes les histoires de la Princesse Academy dans les livres précédents.

Princesse Charlotte ouvre le bal

Princesse Katie fait un vœu

Princesse Daisy a du courage

Princesse Alice et le Miroir Magique

Princesse Sophie ne se laisse pas faire

Princesse Émilie et l'apprentie fée

Saison 2 : les Tours d'Argent

Princesse Charlotte et la Rose Enchantée

Princesse Katie et le Balai Dansant

Princesse Daisy et le Carrousel Fabuleux

Princesse Alice et la Pantoufle de Verre

Princesse Sophie et le bal du Prince

Princesse Émilie et l'Étoile des Souhaits

Saison 3 : le Palais Rubis

Princesse Chloé entre dans la danse

Princesse Jessica a un cœur d'or

Princesse Marie garde le sourire

Princesse Olivia croit au Prince Charmant

Princesse Maya fait le bon choix

Princesse Noémie n'oublie pas ses amies

Princesse Noémie et la Serre Royale

Princesse Olivia et le Bal des Papillons

Saison 4 : le Château de Nacre

Princesse Anna et Noires-Moustaches

Princesse Isabelle et Blanche-Crinière

Princesse Lucie et Truffe-Caramel

Princesse Inès et Plume-d'Or

Princesse Emma et Sabots-Bruns

Table

« Pour l'éditeur, le principe est d'utiliser des papiers composés de fibres naturelles, renouvelables, recyclables et fabriquées à partir de bois issus de forêts qui adoptent un système d'aménagement durable. En outre, l'éditeur attend de ses fournisseurs de papier qu'ils s'inscrivent dans une démarche de certification environnementale reconnue. »

Imprimé en France par Jean-Lamour – Groupe Qualibris
Dépôt légal : mars 2010
20.24.1855.4/01 ISBN : 978-2-01-201855-6
Loi n° 49956 du 16 juillet 1949
sur les publications destinées à la jeunesse